내일은 덜컥 일요일

시인의일요일시집 **008**

내일은 덜컥 일요일

1판 1쇄 찍음 2022년 7월 18일
1판 1쇄 펴냄 2022년 7월 24일

지 은 이 최은묵
펴 낸 이 김경희
펴 낸 곳 시인의일요일

표지·본문디자인 노블애드
경 영 지 원 양정열

출판등록 제2021-000085호
주   소 경기도 용인시 기흥구 연원로42번길 2
전   화 031-890-2004
팩   스 031-890-2005
전자우편 sundaypoet@naver.com
블 로 그 https://blog.naver.com/sundaypoet

ISBN 979-11-975090-8-7 (03810)

값 10,000원

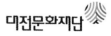

* 이 책은 대전광역시, (재)대전문화재단에서 사업비 일부를 지원받았습니다.

내일은 덜컥 일요일

최은묵 시집

시인의
일요일

나의 안부가 궁금한 자만이 이 문에 도달할 것이다

2022년, 덜컥 여름

| 차 례 |

1부

2부

3부

4부

소풍

1부

주술적인 봄

여우불을 삼켰으니 저녁엔 무엇으로 둔갑할까?

다녀오겠습니다

저녁은 제 담당입니다 그릇은 거짓말입니다 애피타이저로 인스턴트 구름은 어떻습니까 곰 인형은 벌써 잠자리에 들었다네요

정말로 곰 인형 안에 토끼가 살고 있나요? 나이프와 포크를 손에 쥐면 스파크가 생깁니까?

노을은 매번 편두통입니다 어둠은 레어가 어울리죠 당근 샐러드와 감자튀김으로 만든 동물은 토끼가 아닙니다

정치적인 만찬이 허기진 이유를 아십니까? 건배는 불안한 동맹인가요?

갈라 먹은 거짓말은 만장일치입니다 두 스푼의 잠은 디저트고요 토끼의 귀는 새벽의 언어입니다

주머니는 깨어 있습니까? 소화제는 진지합니까?

개봉한 구름은 냉동 보관하지 마세요 야식은 규칙 위반입니다

곰 인형이 뒤척이네요 와인에 자장가를 섞는 게 좋겠습니다

특허 받은 수면을 구입할 수 있습니까? 번역할 수 없는 시각을 떼어 파시겠습니까?

사흘 치의 잠이 담긴 모형 곰은 사은품입니다 아침을 찾으러 떠날 사람을 낱개로 포장하면 새벽이겠군요

불면이 정당하다고 생각하시는 겁니까?

잠이 오질 않을 것 같습니다 토끼밥을 챙겨야겠습니다

시에스타

누워서 엄지발가락으로 나무늘보의 뼈를 그리는 일 따위, 기도는 짧게, 엉덩이를 긁다가, 천장에 엎드린 녀석의 꼬리털로 방을 데우는 상상

위층은 몰라, 해바라기를 심어도 2층은 어두워, 먹구름이 끼었군, 소나기가 내려도 뛰지 마, 사우르스, 오늘은 늦잠을 자도 괜찮은 수요일

뉴스는 자면서도 이를 갈지, 빗줄기가 굵어지면 공룡을 사냥하자, 아래턱이 큰 개미 탈을 쓰자, 벽을 기어 구멍을 파고, 들키지 않게 더듬이를 구부리고

발가락은 무엇이든 그릴 수 있어, 기도는 짧게, 엉덩이를 긁다가, 바닥엔 관심이 없는 개미 한 마리 공룡도 한 마리

천장이 무너지지 않게 덧칠을 한다, 침대 위에 사다리를 세우고, 해바라기 잎이 돋게 형광등을 켜고, 2층은 어두워, 천둥이 치는군, 깨어났니 배고픈 아기 공룡

우산도 없이 공룡시대로 뛰어간다, 사우르스 사우르스, 소나기가 그치면 진달래가 핀다는 걸 위층은 몰라, 투박한 쿵쿵, 불면의 계급

마틸다에게 묻다

난 다 컸어요 나이만 먹으면 돼요
나랑 반대로구나 난 나이는 먹을 만큼 먹었어[*]

회오리바람은 옛것을 되울리지 흙빛 눈동자는 등 돌린 채 혼자 울고 나를 누르려는 그의 손은 자꾸 커지고

어두워지네, 과거는 반복되는 악몽, 사라지지 않지, 꿈에서는 아글라오네마의 뿌리를 볼 수 없어, 며칠간 엎드려 자자, 이마에 입맞춤하는 아침 인사로는 아무것도 지우지 못해

낡은 털모자를 뒤집어쓰고 깨진 안경을 닦고
거룩하게
방아쇠를 당겨

선생님, 손바닥에 눌려 죽은 화분을 떼어 먹는 날벌레들처럼,
하늘에 계신 우리 선생님

습관적으로 손을 비비는 사람들의 손은 검게 커지고, 손으로
걷는 사람들 틈에서

　손금이 없는 나는 장갑을 끼고
　구두코를 덮은 먼지에 마지막 인사를 하네

　안녕, 회오리바람은 무엇이든 되울리지, 북극성을 보고 싶다
고 유언을 남긴 사람을 본 적이 있어 등 돌린 채 혼자 울던

　마틸다, 너를 닮은

　* 영화 〈레옹〉 대사

자정

녀석이 왔다, 파지처럼, 녀석의 눈꺼풀이 열릴 때마다 몇몇은 이상한 모양으로 깨어 구겨졌다

지나가는 거지, 어제만큼 세금을 내면 그만이여, 썩은 감자즙을 몸에 바르면 녀석이 알아보지 못한다는 말도 다 거짓부렁이고, 없이 사는 게 죄지, 죄여

잠이라고 했다, 검은 나무는 숨어 있기 적당한 장소였다 하루의 비용을 지불하지 못한 사람들은 뒷걸음으로 가난을 확인하고 갔다

뜬눈으로 밤을 새운 사람들은 낮에 잤다 낮에는 누구도 다녀가지 않았다 잠을 자느라 품삯을 받지 못한 사람들은 해가 지기전부터 썩은 감자를 찾으러 다녔다

어린 게 뭔 죄가 있다고, 불쌍해서 워쩌

밤잠은 선불이다 졸린 눈을 비비던 몇몇은 마지막 날을 끌어다

썼고 빚이 늘어난 몇은 어린것들의 날을 팔기 시작했다

　오늘도 집 몇 채는 깨어나지 못할 것이다, 녀석이 다녀가면 아이들은 어른이 되고 어른들은 아이가 되고, 울음이 뒤바뀐 방에서 허기진 졸음을 서랍에 밀어 넣고

　이젠 팔 것도 없으니 제비뽑기를 해서 한 명을 팔자, 살 사람은 살아야지

　녀석은 정확히 왔다, 파지처럼 하루가 버려졌다, 식탁에 감자 썩는 집이 늘어났다

　검게 벌어진 이웃은 날이 밝아도 좁혀지지 않았다

　동네마다 다른 화폐를 쓰기 시작했다

부고는 광고보다 작다

달맞이꽃은 지붕의 냄새를 닮았겠다

그들이 떠난 집은 그레이스케일

조간신문을 찢어 먹은 뱃속에는 죽은 이름들이 발인 순서대로 모이고

흑백의 테두리에서 아침을 맞은 그들은 밝아지지 않는다

지붕의 몸짓을 배우는 오전

생존한 사람들은 잃어버린 색깔을 되짚을 것이다

접힌 신문을 펼쳐 간밤에 작별한 이름을 지붕에 널어 둔다 잉크가 덜 마른 쪽광고 부고처럼

해 뜨기 전의 연노랑은 모르는 죽음을 알리기에 적당하다

저절로 벌어지던 당신의 아래턱을 닫을 때 밤은 갔고 당신의 냄새는 지붕에서 증발했다

가벼워진 이름의 값을
누구도
묻지 못했다

조간신문이 우비를 입고 왔다

가면놀이

얼굴을 판다, 망토를 두른 저녁의 뒤에 서서 우리는 검은 윤곽

지도에 없는 국경을 탈출하려는
늙은 넝쿨처럼

수직을 끌어올리는 더듬이, 눈썹이 없는, 떫은 별을 눈에 넣고

오늘 처음 만난 아저씨, 배가 고파 오른쪽 귀를 떼어야겠어요

타인이란 말은,
애인의 방만큼이나
명치가 저린 색

밑그림이 똑같은 가면들
허기진 저녁

우리는 얼굴을 팔고 주홍색이다 만질 수 없는 색깔이다, 아저씨, 뒤통수는 무슨 맛일까요

창틀만 남아, 반사된 표정이 모두 사라진, 창문으로, 무국적
자들이 숨겨 둔 얼굴 하나씩 들고 나타났다 흐려진다

　작아지고 멀어지는
　목소리를 잃은

없다

아무것도 없는 땅, 나미브사막에 가면
투명한 나무가 될 수 있을까

오른손을 도굴당했다, 점선으로 표시된 손가락은 허위의 갈
래다, 만질 수 없는 얼굴을 반납한다, 팔뚝은 나무가 될까

당신이 만질 때 까칠하지 않게
껍질 없는 나무면 좋겠지

유품을 떠올리듯 긴소매 셔츠가 흔들린다 진품이 아니었던 오
른손이여, 너는 없고, 나는 잘린 계단의 높이를 얻었으니

이번 일기는 왼손으로 쓰고
오른팔엔 당신 키만큼 잎 돋았으면

악수 없는 거리에서 몸통 없는 오른손들과 줄다리기를 하고,
한 손으로 땀을 닦고, 기우뚱 펄럭이다가

모래 연못에 비친 왼손을 쓰다듬는 밤

윤동짓달이 오래된 몸에 땅굴을 파고 오른발 껍질을 벗기고
있다

48시간 4분 3초

암호를 풀어 보기로 할까요

이것은 총성으로 밀어낸 섬의 좌표일 수도 있고, 성냥개비로 쌓은 화산의 징후거나, 일천 번째 퍼즐에 끼울 눈동자일지도 모릅니다

글자가 번진 일기장에서 팅커벨의 요술을 찾듯이 기억을 후퇴시키는 것도 방법이겠지만, 애기 동백을 관통한 탄두의 개수라고 단정 짓지는 마세요

물고기 비늘에 늘어놓은 숫자는 속임수랍니다
소나기를 신고 간 폭포에 서서 감귤색 풍선을 날린다 해도 잃어버린 퇴로는 찾을 수 없을 겁니다

속주머니에 비를 넣고 다니는 사람에게 얻은 열쇠는 녹슨 탄피에 보관하세요

잉크가 굳은 만년필로 쓴 비명을 발견했다면 거기부터 시작해

도 좋습니다

　휴식은 없습니다, 동굴 바닥에서 유채꽃의 피를 찾아내는 건
오로지 당신의 몫입니다

　풀지 못한 암호는 대물림된다는 걸 기억하세요

　워리게! 제한 시간은 이미 주어졌습니다

옆으로 걷자

숫돌에 갈아도 날이 서지 않는 달력에서 우리는 명절의 끝에 대해 자주 다퉜다

옥상에 비둘기는 살지 않았지만 반지하에서 옥상까지 계단의 수가 궁금했다

시계를 두 입 베어 먹고 기억하고 싶은 꿈 두 개를 연장했다 문이 없는데 어디론가 흩어지는 어둠처럼

내일은 덜컥 일요일
휴일엔 눈곱 낀 얼굴로 당당하게 걷고
자정이 되기 직전 우리는
왼쪽으로 왼쪽으로

그렇게 바라보지 말아요 엄마

앞뒤가 막힌 옷을 입고 지상으로 내려온 비둘기의 눈을 복제하는 카인을 피해

왼발, 왼발,

갈리지 않은 다리에 박자를 맞춰 24시 콩나물국밥 간판을 먹
으며

우리
옆으로 걷자

옥상부터 반지하까지 계단은 세지 않았지만 명절의 끝을 향해
껍질을 벗지 않은 땅콩처럼 어깨를 맞대고

출석을 부르겠습니다

풍선으로 집을 짓고 책갈피로 숨어 살까?

열여섯 이백아흔다섯 아홉, 줄 꼬인 이어폰으로 귀를 막고 보라색 셀로판지로 햇빛을 막고 사과가 익는 밤에는 깡통차기를 하지 말라던 어른들은 덤불에 쪼그리고 조는 재미를 모르지

졸다가 학교에 가자 출석부를 펼쳐도 교실은 부풀지 않네 사과나무를 잘라 책상에 접붙이고 점심시간엔 운동장에 구덩이를 파고, 지진은 오후부터

의자는 식지 않았습니다
오른팔로 단추를 달고 오른팔로 이불을 덮고
왼팔은 아꼈다가
사과나무에 물려주세요

목줄만 남은 개집처럼 방치된 이름, 투명한 얼굴, 남서향 창문에 매달린 덜 익은 사과들, 숨이 막혀, 왼팔로 사과나무를 품고 잠든 책갈피

가면을 쓴 사람들이 풍선을 부는 척 욕을 한다 아무도 데려오지 못한 책상이 엎드려 짖는다

줄줄이 끌려 나오는 하품
녹음된 수다

정치

쪽길에 버려진
거울 하나

동네가 두 배로 가난해졌다

2부

낙서는 어른이 되면서 자라지 않고

부둣가엔 하루 일찍 내일을 사려는 사람들로 붐적인다

벽화 속 아이는 해풍에도 웃음이 흔들리지 않는다

가족을 지우고 백지로 두는 생일도 재밌겠다

악필

그믐처럼 끊긴, 내딛지 못한 앞걸음을 점선으로 남겨 두고

막다른 길에 그림자를 묶어 둔 채 일요일로 사라진 당신을 생각했다

날파리가 몰려들 때마다 앞집 개는 제 꼬리를 물려고 빙빙 돌았다 목줄에 말린 그림자가 컥, 당신의 구두를 토해 냈다

하루살이가 가로등에 부딪히는 속도에 맞춰 그믐달이 앞니를 드러냈다 달의 어금니에는 당신이 검지로 남겨 놓은 부호가 박혀 있을 텐데

어둠에도 내 귀는 열리지 않아

옛길의 끝은 매번 일요일이고 나는 일요일만큼 기울어진 채 당신이 남긴 그림자를 더듬었다 손이 자꾸 침침해졌다 뒷굽 부러진 글자가 멋대로 자빠져 읽을 수 없었다

물렁한 계단이 끝없이 늘어났고 월요일은 오지 않았다

앞집 인형이 절뚝거리며 개집으로 들어가는 걸 본 것 같았다

리플리증후군

나는 영영 창고에 갇힐 거야
그 어둡고 무섭고 외로운 창고
난 거짓말을 했어
내가 누군지 내가 어디 있는지, 나는 늘 생각했지[*]

F는 옆모습입니다 마주 보고 있어도 옆을 봅니다 등받이가 없
는 의자에 앉아 옆구리를 긁는 일이 이제는 불편하지 않습니다

그렇다고 F의 아버지가 나의 아버지는 아닙니다 F는 나의 낮이
고 이때 나는 얼굴을 들고 사라집니다

낮 동안 빈 무덤에 들어가기 위해 옛 주인의 이름을 구입합니
다 무덤에서는 모든 게 금방 식어 가면을 만들기에 근사합니다

누드톤은 믿을 수 있는 색깔입니다 눈이 들어갈 자리에 박하
사탕을 붙였습니다 박하 향은 아버지 등을 닮지 않아 쉽게 얇아
집니다

들어 본 목소리가 내 이름을 불렀습니다 옆모습을 바꿔야겠다고 생각했습니다

더 큰 속임수를 위해 창 넓은 우산을 만들었다는 F의 전화를 받았습니다

* 영화 〈리플리〉 대사

프로파일러 C

가까워졌다는 걸 알아, 개미들이 증거를 인멸하는 밤처럼 우린 닮아 가네

한때 자네도 풍선 속에 집을 짓고 살았던 적이 있었겠지, 허리에 묶은 빚 한 톨을 식구 수로 쪼개고

자네는 시곗바늘로 팽이를 만들었을 거야, 나도 그랬지, 초침 소리는 충동적이었으니까

그동안 짜릿했지?

팽이가 기우뚱거리는군, 풍선 집이 타원으로 도는 동안 자네는 흩어진 가족

부서진 시간을 조금 일찍 쓰다듬었다면 빨간 눈이 덜 무료했을지도 모르는데

떨고 있군!

우리는 곧 만날 거네, 자네나 나나 밑돌로 살았으니 이끼의 살
이 익숙할 터

도착할 때까지 꼭짓점에 잘 숨어 있게나, 악마

일수 찍는 달팽이

토마토는 하루를 연장했습니까?
얼마의 이자를 지불하면 잠에서 깰 수 있습니까?
몇 바퀴를 돌아야 끈적임이 사라집니까?
당신을 대출하고 당신을 찍고, 몇 칸이 남았습니까?
오늘의 길이는 누구에게나 똑같습니까?
당신도 느리고 등은 무겁습니까?
(나는) 아카티나 퓨리카만큼 커질 수 없습니까?
토마토는 단단합니까?
이자가 밀린 하루는 어제가 되지 못합니까?
(내가) 모르는 끝을 당신은 알고 있습니까?
약간의 내일을 맛보고 대출을 연장하였습니까?
겨우 이만큼이 오늘 벌이입니까?
푸쳐핸섭!
더듬이를 세우고
토마토는 몇 바퀴를 돌아야 하루입니까?
비가 새는 지붕은 일요일에도 마르지 않습니까?
이자의 이자는 한집에 모여 삽니까?
오늘도 잘 찍었습니까?
식구들은 내일 돌아옵니까?

애인

코끼리구름이 지나가요
화살이 닿지 않는 강 건너에서
사냥은
이기는 놀이가 아니죠
몇 번을 죽고 새로 태어나야 코끼리는
새가 될 수 있을까요
케냐 아이들이 땅바닥에 써 놓은 질문의 효력은
정말 일몰 전까지인가요
입 벌린 코끼리 무덤에
어른이 되지 못한 눈동자를 모아요
때 이른 더위가 당신의 가슴을 데우는 동안
젖을 물고 잠든 아기를 상아로 조각할래요
느린 구름을 걸친 초원을 밟기 전
더디 젖을 준비를 하죠
코끼리 떼가 쏟아지기 전에
한 번만, 엄마라고
불러도 되나요
축축한 어린이날이잖아요

똑똑,

이모, 손가락은 눈꽃으로 만들어 줘

푸른 눈 새아빠를 만나도 손톱이 녹지 않게

냉동실에서 잘게 하루쯤 라디오를 듣지 않아도 괜찮아 함박눈이 그치면 손목에서 빨간 동요가 돋을까

놀이가 끝난 공깃돌을 유리컵에 넣고 물을 뿌렸다 아무리 기다려도 돌은 자라지 않았다 기다리라는 말처럼 만질 수 없는 밤이 쌓여 갔다

지금도 눈이 내려? 오래된 냉장고는 시끄러워 아침은 언제 올까 냉동실엔 풍선이 자라지 않아 성에를 긁어 이름을 적었어 내 목에 걸려 있던 계절도 바뀌겠지

깎지 않은 연필로 일기를 썼다 해가 져도 얼지 않는 동화책과 라디오를 꺼도 식지 않는 식탁을 믿지 않는다 종이가 눌릴 때마다 공깃돌 소리가 맴돌았다 오줌이 마려웠다

이모, 등 돌리고 누웠어?

내일은 빨간 라디오를 들고 와

키 작고 눈 까만 땅에서 소식이 오길 기다렸다 신발은 혼자 가지 않았다 코에 침을 발라도 다리가 계속 저렸다

처음으로 기도를 했어
걱정 마, 손가락은 녹지 않을 거야 근데 이모 바다를 건너면 눈동자도 파래질까 검은 눈으로 봐야 할 게 아직 많은데

이모, 자요?

안교리 다방은 쉬워

풍산 장터중앙길 다방은 일 층에 많지

여름이 가기 전에 초이스다방 별다방 파출소 지나 태양다방 아
리아다방 향다방 한아름다방 지하 낙원다방 이 층 정다방 모두
들를 수 있을까

담쟁이 핀 농기계 창고 외벽을 한참 바라본다 해도, 이파리마
다 생각나는 대로 여자 이름 붙여도 뭐라 하지 않을
시골 마을에서
늦은 밤 하루쯤 묵고

촌스러운 얼굴에도 기름기 돌게 간고등어 구이로 이른 점심을
먹을 때
앞자리가 비어 있지 않았으면 좋겠네

굴리고 굴려 굳은 계절이 푸석해질 즈음
나도 비중 있는 조연 한자리 꿰찰 수 있을지

다방은 쉬워, 조만조만 달라붙는 마담의 이력을 순례하며

텃밭 풋고추처럼 조금 덜 우울하고 조금 덜 너덜거리고 조금
덜 나른하고

옆집을 업데이트하겠습니까?

붙어 있는 집들은 담장에 귀가 있다 벽을 긁을 때마다 가루로 떨어지는 저음들

숨죽이고 수음하던 저녁이 봄이었는지 여름이었는지, 아침마다 다리를 보며 웃던 식탁 의자처럼

키 작은 집들의 신음은 솔깃하지

내 귀도 신형으로 교체할까

옆집은 옆집의 숙주

아침에는 볕이 좋아 심심한 밥상이었지 비 내리는 저녁엔 밀가루를 반죽해 바이러스를 만들까 옆집의 배고픈 소리를 넣는 건 숙주에 대한 예의

담장의 귀가 하염없이 커져 귓속에 집이 있고 또 담장이 있고, 집들끼리 은밀해지게 뜨개실로 담장을 잇자

이것은 따뜻한 감염

얼마간 더워도 좋아, 밤에만 자라는 가로등의 이니셜을 귓불
에 새긴 옆집에서

수제비 익는 냄새가 넘어왔고
창가에 서 있던 손짓을 언뜻 보았고

아웃사이더

지평선이 운다, 언 땅을 갈던 수컷들이 발을 묻은 채 운다, 먼 곳은 느닷없이 멀어져, 오후는 펴지기도 전에 지워지고

지독히 서쪽, 들개의 춤을 배우던 아이들이 하늘로 몸을 던진다, 목성이 가까운 땅끝에서, 바깥의 색을 가진 입술로

저녁상에 올린 네잎클로버를 먹고, 호들갑을 주머니에 담고, 저녁나절 흐려지는 금지된 방향을 흘깃거리다가

창문이 없어 모두가 밖이 되는 끝다리, 아이들이 친구의 입술을 녹여 가짜 어른이 되는 동안

꼬리 세우고 짖는 들개들, 점 같은 잡음을 뱉는다, 번식을 멈춘 수컷들이 등을 맞댄 채 우는, 막연히 저쪽

다 팔린 쇼펜하우어

다이소 진열장 부재중 팻말 주위로 사람들이 조금 슬프게 모였다가 다시 재밌게 흩어졌다

철사가 자라는 병실

불을 끄면 손등에서 야광 나비가 날았다 신발은 기억이 멈춘 곳에 벗어 두고 부러진 관절을 커튼으로 가린 채

당신의 6층과
또 다른 당신의 5층
병실에서

추석을 맞은 가족과 가면을 쓴 환자들이 송편을 나눠 먹었죠

침대에 묶어 놓은 함박눈은 녹지 않았는데

호흡기 없이 빗금으로 건넌 꿈에서 태풍이 불었다

인공관절을 넣은 무릎에 나타났다 사라진 허상들
밤새 역류한 혈관에는 가지가 잘린 주삿바늘이 떨고 있었다

수술은 어제였어요, 통로를 잃은 꺼먼 손톱 밑으로 몇 개의 밤은 가면을 벗지 못한 채 소멸됐죠

절뚝거리는 휠체어
소독을 마친 면회

혈관에 무서운 꿈을 수혈한 앰뷸런스가 5층에서 6층까지 달
렸다

마취가 풀린 환자들이 신발을 들고 당신의 병실로 면회를
갔다

불쑥, 그런

동물 탈을 쓰고 털옷을 입고 만화로 몸을 덮어도 우리는 배고
픈 캐릭터

탈 속에는, 바람도 없는 밤에 떨어진 퍼런 감, 조금만 더 느렸
으면 좋았을 무덤, 아무리 기도를 해도 무너지지 않는 빌딩

우리는 탈을 쓴 채
사진을 찍고

잠에서 깬 토요일 오후가 일 없는 월요일 같을 때도

돼지 탈을 쓰고 헛배 부른 밤까지 우리의 밥상은 가난해서

리모컨으로 바꿀 수 없는 통장처럼
닦아도 흔들리는 그릇처럼
손끝부터 저린 빈 것들을 방에 남긴 채

추석달에게 미리 안부를 묻고

동물이 되어야 하는 동안

　털옷 속에는, 사람의 말을 알아듣는 꼬리뼈, 구석으로 밀어
둔 명절 몇 상자, 무뎌진 발톱, 느리게 자라는 질문

　불쑥, 그런

가족사진

우체국에 묶여 있는 흑염소의 뿔로 그믐달을 만듭니다

어둠을 굴리는 게 막차만은 아닙니다

나뭇가지가 골목이 되는 밤

염소 눈을 열고 나올 당신을 기다립니다

휴일 저녁의 뒷모습은 무료합니다

가족이 되지 못한 독사진이 해를 보내는 동안

염소수염으로 빈자리를 걷어 내면 그믐달의 태명을 찾을 수 있을까요

가족사진을 열고 탈색된 식구들이 들어옵니다

돌돌 말린 포대기가 흑염소 눈썹처럼 조용합니다

3부|

첫

어제 떠난 걸음엔 어떤 꽃물을 들일까

느린 등을 가진 이름이 쉬 번지지 않는,

안부를 묻습니다

철 지난 동화를 옷걸이에 걸어 두고, 웃는다

막차와 악수를 나누지는 않았다

정류장에서 비를 피하던 이야기 몇 개는 젖지 않은 껍질로 위장
했다

오래된 빗소리는 옷장에서 더 잘 들린다

캄캄한 곳에서는 숨도 캄캄해지고

눈을 뜨고 자는 종족은 어릴 적부터 휘파람을 배우고

비음은 장마철에 찾아오는 꿈

까만 휘파람이 들린다

동화가 되지 못한, 벌거벗은 입들이 들어오고

웃어도 웃어도 조용한 옷장

침이 마르도록 휘파람을 불면 비가 그칠까

이야기를 끝낸 입들이 하나둘 사라진다

일기예보 Ver. 대체로 맑음

이불은 기타 소리로 말리는 게 좋지, 지판을 누른 왼손과 현을 뜯는 귀는 모르는 사이

이틀 연속 까치가 찾아왔네, 레인코트를 입은 비틀스 대신 기상캐스터를 믿어 볼까

모르는 밥상, 불편한 발톱

까치가 날아왔네, 왼손과 귀는 어쩌면 비밀스러운 사이, 두 시간쯤 머물다 떠난 기타의 방향으로 서서

잠꼬대 같던 신맛을 널고

코드를 잘못 짚어도 쉼표는 상관없지, 믿었던 두께를 벗고, 아르페지오

이불이 세븐 코드를 담는, 입춘에

옥상에 올라오는 기타들, 모르는 손과 모르는 귀와 가끔 아는 숟가락, 대체로 까치집보다 낮은,

찢어진 청바지

상징은 버려 구멍을 냈을 뿐이야 개미 등에 낙서하던 친구는
화가가 되었다지

오해하지 마 숨을 쉬고 싶었을 뿐이야 아버지 바지에 갇혀 늙
고 싶지 않았어

목소리가 쉽게 수화기를 빠져나오지 못하는 날이야 갈비뼈가
허기질 땐 무슨 과일로 즙을 낼까

짐칸에 재미없는 여름을 싣고
개미굴로 가자

팔려 가던 흑구처럼 트럭 한 대가 빠져나가네 비포장도로는
아버지의 유산이지만

낡은 게 아냐 그냥 구멍일 뿐

내가 찢어진 계절을 걷는 동안

친구는 개미 등에 자화상을 그렸다지

상징은 버려 채우고 싶지 않았을 뿐이야 바지에 그림을 그리던
화가는 모르는 사람이야

의심하지 마 찢어진 부위를 상처로 읽는 건 그림자 때문

실밥 터진 바지로 짝다리를 짚고
뒷주머니에는 재미없는 아버지를 구겨 넣고

패턴을 잘못 입력했습니다
— 희준

혹시 탁구공을 좋아하십니까?

그물에 걸려 죽은 고래의 눈동자, 사흘을 몸부림치다 겨우 그물 밖으로 흘려보낸 눈알 같은,

무늬가 없는 눈 하나 갖고 싶었습니다
송곳니는 기억이 나질 않고요

좋아하는 동물을 물었습니까?
표정을 벗은 일요일의 뒷모습처럼 둥근 동물이었습니다 튀어오르기 위해 격자무늬 피부를 지우던 사기꾼을 닮았습니다

외눈박이 몸통은 얼마나 무겁겠습니까?

그물 자국을 견디는 건 울음입니다 더듬거리는 표정을 바람이라고 우기던 동물이었습니다

탁구공은 빗방울보다 석 달쯤 늦게 바다에 도착하고요

눈을 깜박일 때마다 변색되는 눈동자와 멀어지는 건 고래의 습성입니다

물밑에 가라앉은 고래들이 외눈으로 기다리는, 약도가 그려진 초대장은 탁구공 안에 있습니다

어쩌면 첫눈은 고래였는지도 모릅니다

혹시 탁구공을 좋아하십니까?

모로 누워 디셈버

자전거로 등대를 실어 오고, 옥탑방에 바다를 들이고, 오늘 밤 첼로에 들어가 죽어도 좋겠다

첼로는 겨울의 뼈를 깎아 만들었다지, 저음으로 몸을 던진 옥 탑방 전 주인처럼

가는 몸에 끊어진 줄을 덮고
물고기의 비늘로 겨울을 밀봉하고

아저씨, 병실은 훈훈한가요? 파도 소리는 쉽게 젖어 울림통에 어울리지 않아요

나는 누구를 닮아
꼬리부터 시린 거죠?

등대는 옥상에서 쑥쑥 자라, 현을 가진 물고기 떼가 몰려들면 겨울은 고단했던 소리를 뿌리고 잔잔해지겠지

항로가 바뀐 전보를 띄워야 한다, 자전거로 등대를 실어 오고, 옥탑방에 바다를 들이고, 첼로 속에서 괴테를 읽다가 죽어도 좋을

굿바이, 디셈버

꼼짝 말고 아리바다

당신은 떠났고 나는 네모난 머그잔에 기대 졸았다

낮에는 바람을 포획하는 꿈을 꿀 수 없어 시늉뿐인 잠은 설익은 빗면에서 허물어졌다

철 지난 달력을 꺼내 입거나 누가 낳은 건지 모르는 알로 허기를 채우는 게 하루의 전부였지만

당신이 도착할 해변은
상자 밖의 도형

수컷의 꽁지를 지닌 나는 모서리에 녹아드는 바람을 흠모한다

둥글게 기록된 옛것의 무거움을 낳기 전까지 내게 아리바다는
도착하지 않은 냄새

상자 밖으로 흘깃 귀를 내민 채

암컷의 미끼처럼 서성거리다가
잠든 척, 모래가 알을 낳는 상상을 하다가

보디페인팅

소나기를 필사할래

태어나 처음 물옷을 입네

기타를 메고 도착했다

오후는 등지느러미가 바다를 잊는 시간이다

등대를 세워 열차를 띄운다 열차 지붕에 감나무를 심고 까치를 부르고

날물은 13시

예보가 틀린 날씨에는 무엇을 입든 자유롭지

바퀴 없는 파도, 날개 없는 찻집, 구름보다 큰 솜사탕, 해무로 지워 버린 열차, 무지개가 뜨면

기타를 닦자, 지구가 젖지 않게 소설을 읽고, 종아리에 감나무를 옮겨 심고, 까치는 돌려보내고

　6번 줄로 스케치한 나를 채색하네

　기타를 닮은 당신, 지느러미에 찔린 소나기, 모래를 걸어가는 그림 한 마리

　기타를 치며 따라가는

　손목은 오후 1시

그러니까 안단티노

슬리퍼에는 자라다 멈춘 9월이 있지, 그러니까

두 살짜리 아이의 얼굴로 불어오는 바람, 속기 좋은 계절의
꺾임

더디 물들게 낮잠을 자고

나비의 독백을 배우지

폭 넓은 7부바지는 느리게 깨기에 좋고, 바지는 왜 날개가 되
지 못했을까 누워서 생각하는 일이란

맨발이어야만 알 수 있는 울림

그러니까, 때늦게 핀 장미 앞에 멈춰
고맙다는 말을
9월의 오후라고 바꿔 적는 것

슬리퍼의 탁본을 뜨고 얼마의 더위를 식탁에 남겨 두고 바닥
에 묻은 계절을 조금 느리게 지우고

Ctrl-C, Ctrl-V

가터벨트가 등받이에 걸쳐 있다

조금 전까지 나는 앉아 있었다

당신을 입고 나를 벗는다 껍질은 곁눈질의 종적이다 탈피해야
성년이 되는 별처럼 당신이 나를 남자로 만드는 동안

정지하지 않은 콧숨은 점의 법칙을 따라야 한다

만월의 사다리를 타고 달빛을 마시러 왔다
위에서 끌어당긴 점이 신음이 되고 먹빛 셔츠는 젖을수록 투명
해지고

당신으로 변하는 동안 나는 부재중이다 나는 나를 알아보지
못했다

베껴 줘요

방이 닫혀 있다 의자가 졸고 있다 조금 전까지 의자에 앉아 있던 나는 반쯤 말라 버린 나

셔츠를 빠져나간 남자가 또 한 명 늘었다

변성기를 막 지난 옷들이 벽장에서 한꺼번에 쏟아졌다

빈,

하나의 주소로 내 뿌리는 누적됐다

그네는 그 자리에 있고 새는 떠났다

날개를 지닌 것들이 투명한 곡선을 누를 때마다 된바람이 불었다

냉장된 마법을 풀기 위해 이틀간 한낮을 숙성시켰다

어제는 두 시 십일 분의 기차가 역광으로 출발했고 오늘은 네 개의 태양이 떴다

자장가가 필요 없는 겨울에도 아빠는 베개를 두드리며 노래를 불렀다

손가락이 날개가 되지 못한 이유는 바깥으로 굽어 퇴화된 관절 때문이라고 썼다

프시케가 벗어 준 장갑을 끼고 접힌 거리마다 볕을 쪼개 주
었다

서쪽 하늘에 걸터앉아 늦은 점심을 먹었다

수요일의 마법은 우연히 이루어질 것이다

보라

검정과 잘 어울린다는 것, 풍뎅이가 상상하는 것, 사투리를 벗어나는 것, 서랍에 넣어 둔 비밀 보자기, 다음 기회에, 결혼사진을 꺼내 보는 엄마의 옆모습, 덜 익은 귤, 머리에 띠를 두른 공장 사람들, 파업, 아버지의 외출복, 유모차에 매달린 풍선, 유리 건물의 웃음, 당신이 건넨 명함

낼은 뭐 혀?

당신을 수족관이라고 읽었습니다, 물고기는 나의 다른 모습입니다, 날짜가 적힌 지느러미는 보라색에 근접한 감정입니다, 비늘은 위장입니다, 유리벽 너머, 영토가 아닌 곳을 기웃거리는 건 고양이 요일에만 가능합니다, 두 개의 달이 뜨는 날이기도 합니다

바쁜 겨?

창살 햇빛이 반듯하게 잘린 백설기 같다, 낮에 수면제를 먹은 날에는 어김없이 하얀 나비가 나타났다, 검정은 하얀 것들과도 잘 어울린다, 배고픈 23시, 컵라면과 봉지 커피, 주방 환풍기가

밖으로 내보내는 언어, 훌라후프의 잠꼬대, 가족사진에 쌓인 먼지, 식후 30분 약봉지, 잠든 나를 바라보는 오늘의 운세

그려 담에 밥이나 혀

아가미만 남겨 두고 색깔을 지웠습니다, 다음이란 먹을 수 없는 향기입니다, 꽃밭은 오늘도 파업입니다, 문 닫힌 가게 벽은 오래된 꽃들의 속내입니다, 청개구리의 고향입니다

Dear X[*]

맨발은 창백하게 마르고, 당신의 고백은 얼음 속에

느리게 춤을 출게요, 발목이 보이는 하얀 드레스를 입고, 울지 않아요, 보사노바

무대는 혼자, 당신을 녹이지 않겠어요

손끝을 움직이면 눈이 녹죠
얼음꽃이 부러지지 않게

발가락의 힘으로 느리게 춤을 추는
죽은
도시에서

고개를 젖히고 점프를, 눈은 뜨지 않아, 발바닥 아래 당신, 얼음을 펼치지 말아요

무대에 눈이 쌓이면 춤을 멈추고 입맞춤을 할게요, 숨이 멎기

전에

　친애하는,

　* Julia Seo 디지털싱글앨범

4부

유스티치아

길고양이가 유통기한 갓 지난 가로등을 뜯어 먹은 일과 안식일에 병자를 치료한 예수의 차이를 모르겠네

맛없는 인사를 하고 맛없는 뉴스를 듣고, 그것 말고도 당신의 저울은 정확한 것인가?

풍경

휴일에는 초인종을 누르고 도망가는 꼬마를 용서하자

아이들이 빠른 건 돌아올 거리를 따지지 않아서다

발가락은 불투명해서 느리고 철문에 닿은 장난은 금방 식고

바람은 뛰는 걸 먼저 배운다던데

바람의 습성을 잃어 가는 아이들에게 흙집을 지으러 떠난 동화는 매번 거짓말이다

제각각 다른 온도로 녹았다가 다리부터 느려지는 아이들

휴일에는 발소리도 고마워하자

귀 없이 입만 있는 콘크리트 벽에서

꿈인 듯

응답인 듯

다가왔다 멀어지는 신발 한 짝 줍다 말고 머쓱하게 웃는

일기예보 Ver. 가뭄

먹구름과, 거인의 얼굴과, 휘어진 대못과, 뜨개실 머리카락을 가진 여자와, 대머리 언덕 둘

등에 구름을 지고 낙하하는 여자가 무릎을 접는다

여자의 친구였던 거인과, 귀가 까만 늑대와, 늑대의 혓바닥에 적힌 번호와, 갈라진 입술

아기를 잉태한, 노란 머리 산이 강을 찾아 떠난다

차례대로 숫자를 먹고, 먹구름의 이마에 못질을 하고, 흙먼지를 끌어올리고

정직한 날씨를 말씀드리겠습니다

소매가 빨간 옷은 땅에 닿지 않고, 여자와 거인의 얼굴은 멀어지지 않고, 손가락은 언덕이 되고

뒷목을 기어가는 삼각형과, 나선형의 발등과, 배경을 벗어난
발가락과, 한쪽 눈을 감은 먹구름

이스트리버 651호

하모니카를 불 때마다 천장에서 강물 소리 퍼지는 이스트리버 651호에 대한 이야기다

하루는 긴 웨이브 머리를 초록 염색한 남자가 욕조에서 몸을 탈색했다

하루는 가슴이 짝짝이인 남자가 상체를 벗은 채 강물에 누워 혀처럼 흔들렸다

하루는 머리에서 구절초 향을 내던 남자가 삭발을 하고 1분 동안 웃다가 나머지는 흐느꼈다

하루는 여장을 한 남자가 성전환수술을 하기 전 마지막 자위를 했다

하루는 아무도 투숙하지 않았다

일요일에 머문 여자가 찬송가를 놓고 갔다 선풍기가 회전할

때마다 찬송가에서 덜 마른 샴푸 냄새가 풀썩였다

경건한 것이 내는 소리가 딱딱하게 웃긴 일요일이었다

기상캐스터는 이별하기 좋은 날씨라고 마무리 멘트를 남겼다

마리오네트

하루에 두 번 유리창에 눈을 붙이죠, 유리창엔 거미줄 여럿

플로피햇을 앞에 두고, 마리아, 나의 어머니, 솜털이 남아 있는 어린 인형을 무대에 올릴 수는 없잖아요, 공갈 박수는 헛배만 불러요, 우리는 언제 거리를 벗어날 수 있는 거죠

낮에는 춤을 추고 밤에는 여름 별자리를 닦아야 하는데, 어머니, 오늘은 백조자리에 줄을 묶고 밤새 춤을 출까요

별이 될 수 없는 몸, 거미줄을 입고, 뒤틀리도록 흔들어요, 탯줄을 잘라 낸 자리가 다시는 옹이가 되지 않게

하늘에 계신 우리, 누구든

마른 몸에 숨을 불어 줘요, 나란히 팔베개하고 자는 동안 마디에 묶인 줄을 느슨하게

어머니, 내일은 어떤 춤을 출까요

꼭두각시의 유전자로 태어났으니, 두텁게 분장을 하고, 줄에 기도를 매달고 우리

거룩하게, 세상을 속여 봐요

유리창에 붙여 놓은 눈이 종일 무엇을 보았는지 이제 궁금하지 않아요

마트료시카

아브라함이 이삭을 낳고 이삭은 야곱을 낳고, 아버지는 마트
료나를 낳고

낡은 몸을 책꽂이에 걸어 두고 그녀는 젊어지네, 비에 젖어도
지워지지 않는 지붕처럼

행운이 되어 줄게요
하루만 애인이 되어 주세요

음악에 맞춰 한 겹씩 할머니를 벗고 아버지를 벗고

알몸의 그녀가 어린 그녀를 낳고
어린 그녀가 알을 낳네

우리집은 어둡지 벽지 위에 벽지를 덧붙인 내 방은 조금 더 어
두워서 나는 모르는 아버지를 입고 늙어 가네

책장 속으로 마트료나가 들어오고 지붕이 닫히고 지붕 위의

지붕이 닫히고, 집이 집으로 들어가네

하루치의 표정을 반납하네

그럼에도 불구하고

모서리가, 짜다, 그늘은 자생한다, 지하실은 검은 판화

처마에 매달린 물고기는 비늘이 굳었다

첫울음을 풍선으로 기억하고 싶었다

모자이크 처리된 그림자는 날지 못한다

모서리가, 굵어졌다

혀끝으로 당신을 그린다, 풍선은, 달다, 해진 바람을 벗고 음
각으로 누웠다

먼 가족이란 어제보다 배고픈 곡선

거울에 남겨 둔 지문은 삼키지 못한 망상

늙은 바람이 땅으로 분다

오래전 포옹은 깨진 무늬로 남고, 기억은 구석으로 번진다

태초 바닥이었던 몸통들
떼 지어 추락하는,

리드보컬

냄비뚜껑을 매달아 줘
배고픈 크리스마스야
드럼이 있던 자리에 이층침대를 심고
태엽 풀린 축가를 부를까
악기를 팔았으니 남은 건 목소리뿐
반주 없는 노래는 담백하지
수프로 화음을 만들까
면발이 익는 동안 젓가락을 튜닝하고
A 메이저로 만든 단칸방에서
메리 크리스마스
타이머가 끝나기를 기다리며
앉은뱅이 식탁을 두드려 줘
우리는 핸드싱크
이층침대에 누워 나팔을 불고
기타를 치고
천장에 모인 관중을 향해, 소리 질러
해피버스데이
양초 그림으로 벽을 채워

우리는 꺼지지 말자
라면이 식기 전에 한 번 더
메리 크리스마스, 목소리를 잊은 마이크로
립싱크를 하자
섀도우 뮤직 큐, 냄비뚜껑을 두드려 줘
이층침대가 춤을 추게
등에 달린 태엽을 감고 밤새 크리스마스
다리를 잡고 메리 다마스테스

메리 크리스마스

드디어 제품이 출시되었습니다

업그레이드된 2.2버전 아기 예수는 한정판입니다

잘린 수박색이고요

조립식입니다

현대식으로 리모델링한 말구유와 성탄 트리는 기본으로 제공되지만 레트로 감성을 원하시는 분을 위해서 특별히 초기 말구유로 무료 교체 서비스를 제공하고 있습니다

몇 가지 기적은 옵션인데요

특별 행사 기간에 드리는 선물 외에 부품은 따로 구매하셔야 합니다

손님! 기적의 종류를 물으셨습니까?

우선 행사 기간에 제공하는 선물에 대해 말씀드리자면

계절 선택권, 눈 내림 무료 이용권, 십자가 아기 옷 한 벌입니다

그 외, 요셉과 마리아 세트, GPS가 장착된 동방박사 세트, 사이즈가 골고루 담긴 별자리 세트, 순금으로 만든 아기 예수 이름표가 있습니다

이제 기적의 종류에 대해 말씀드려야겠죠

가족 자유이용권과 일인 자유이용권이 프리미엄으로 준비되

어 있고, 자유이용권이 필요 없으신 분들을 위해서 이번에 특별히 10회 5회 1회 이용권 이렇게 다양한 상품을 마련했으니 필요한 기적에 맞게 구입하시면 되겠습니다

참, 이번에 풀옵션으로 구매하시는 분께는 꽝 없는 즉석복권 1매를 추가로 드립니다 랜덤으로 받을 수 있는 놀라운 기적이 궁금하신 분들은 고민하지 말고 선택하는 것도 좋은 방법이겠습니다

아울러 행사 기간 무료 기도 서비스까지 제공하고 있으니 한 바퀴 둘러보시고 구매 후에 이곳에 들러 배송지를 남겨 주시면 감사하겠습니다

마지막으로 올해는 고객들을 위해서 현금 대신 손님들의 영혼을 받고 있습니다 각 상품마다 영혼의 무게가 적혀 있으니 천천히 둘러보시고 좋은 상품 구입하시길 바랍니다

그럼 즐거운 쇼핑하시고요

메리 크리스마스!

천국 게임

게임 스타트, 해체는 신이 되기 위한 수단, 회전 계단을 기어 탑 꼭대기까지 하루는 걸릴 것이다, 시간 감옥에 갇힌 내가 출구를 찾는 동안

계단을 오르다 죽은 나는 처음으로 돌아갔다, 날지 못한 기억은 소멸된다, 또 한 명의 내가 방문을 열고, 옆방에 있는 나는 수억 년 전 복제된 나

속임수다, 꼭대기에서 별자리를 바라보는 해골은 태어난 순간을 찾았을지

어긋난 순서는 죽음을 반복한다, 영원히 죽기 위한 퍼즐, 다시 감옥이다

시간이 움직인다, 내가 만난 머리뼈가 몇 개인지 세어 보지 못했다, 그때 나는 지금과 똑같은 꿈을 꾸었다

잠이 없는 꿈, 나는 깨어났고 나는 잠들었다, 시간을 빠져나간

내가 남겨 놓은 힌트는 몇 번째 내가 발견할까, 내가 나를 갈아입고 어떤 나는 지워진다

　탑 꼭대기에서 시간이 끊겼다, 내가 날았는지 그건 다음의 내가 알고 있다, 일요일이 되지 못한 나는 다시 전송된다

　태어난 시간에 도착해야만 죽을 수 있다, 게임 오버

바리케이드

상자 안에는 문 닫은 극장, 극장 안에는 비둘기 두 마리, 섬으로 가는 다리를 부리로 물고

목을 젖혀, 가시면류관은 생각을 감추기 좋아, 먹구름에 쓴 일기처럼, *엘리 엘리 라마 사박다니*

물구나무를 서도 발목에 박힌 빗물은 빠지지 않네, 죽은 물고기의 기억을 파는 상인에게 인사를 하고

팔 수 없는 상상에는 헛살이 찌지, 막 내린 연극에 머물러 대사를 지우는 배우들, 사방이 막힌 상자 안에는

머리에 섬을 쓰고 계단을 내려간 지하인간 둘, 다리를 물고 사라진 비둘기 둘, 열두 개의 기억을 팔면 빵이 다섯 개

보름달이 뜨기 전에 기절을 하자, 그림자가 노란 십자가를 덮고, *엘리 엘리 라마 사박다니*

상자 안에는 기억이 닫힌 사람 하나, 파스 냄새나는 눈동자가 둘, 눈동자 속에는 작은 상자가 하나, 작은 상자 안에는 문 닫은 극장

체포

신이 나를 수배한 이유가 뭘까

소풍 |

마틸다와 기타 임재정(시인)

등대도둑 이정훈(시인)

다녀오겠습니다 리호(시인)

단무지 몇 개 김백형(시인)

마틸다와 기타

임재정(시인)

출발은 아프리카였다고 전한다. 물론 아닐 수도 있다. 사실은 손바닥보다 쉽게 뒤집힐 때가 많으니까. 어떤 장애에도 멈추는 법 없이, 고이고 넘치고 흘렀다고도 한다.

육체가 그러하므로 거기 속한 지느러미투성이 영혼 또한 그러했으리라는 짐작을 슬그머니 덧붙여도 이상할 게 없다. 이것은 머리 검은 짐승을 흔들어 대충 내던져놓은 이야기. 그들 중 특별히 시인에 대한 이야기라 해도 좋다.

영육의 선후가 바뀐들 달라지지 않는다. 스미고 적시며 새어 나간다. 하지 말란 것은 기어이 넘겨다보리라는 예상에 밑줄을 그어야 한다. 이들은 유동적이며 물의 친족에 속하고 당연히 담장 따위와는 상극인 짐승의 어느 한때로 달아나 꿀렁거린다. 찰랑대며 번진다. 무형의 7할을 포함하고 있어 그릇이 필요한 동안이라는 것, 그릇된 한동안을 호시탐탐하리란 점도 잊지 말자.

자유는 이들의 주된 동력원. '흐른다'와 '넘친다'를 두루 포괄한다. 이때 '불안'이 그림자로 따라붙는데 자유와는 결코 별개가 아니다. 대체로 모두가 그러한 까닭에 딱히 콕 짚을 일은 아니지만, 최은묵은 곧잘 넘치고 즐겨 흘러 이 일련의 현상을 추종하고 실천하는 이에 속한다. 종종거리며 생각을 뭉치고 형태를 빌리는 데에 탁월하다. 새로이 이름을 짓고 근사한 포장지를 씌운 뒤 리본을 달아 줄 수도 있다. 주술태(呪術態)적 활용을 통해 봄/봄밤의 주문으로 돌려 쓸 줄도 안다. 독재자가 되어 우리의 수로로 흘러들 수도 있다. 마술과도 같이. 프로스트(Robert Lee Frost, 1874~1963)가 겨울의 힘을 훔쳐 견고한 담장에 두 사람이 드나들 틈을 만들 듯이.

우리에게 채 흘러들기도 전에 최은묵은 끓어 넘치기 시작한다. 그의 저녁은 그중 넘보기 쉽고 야트막한 담장 같은 것이다. 어스름에 속한 시간은 고무질로 이루어져 있으며 원초적으로 술렁인다는 점에서 봄에 가깝다. 술사(術士)의 영향력 아래 놓여 어두운 쪽으로 넘치고 매혹을 쏟아 낸다. 둔갑이란 본질이 달라지지 않는 가운데 속성을 바꾸는 것이어서, 불안을 한껏 치대면 어디로 튈지 모르는 타원의 마틸다가 된다. 오븐에 구울 것도 없이, 어려서 여린 마틸다는 방향성을 기지며

불온해진다. 무정형이 방향성을 띨 때, 세상을 뒤엎을 수도 있다. 설탕 속의 쿠키처럼 뿌리칠 수 없는 숱한 손을 달고 날뛸 수 있다. 등이 아무도 모르게 금지된 무언가를 들쳐 업을 때 우리 중의 하나는 말하게 될 것이다. 마틸다의 입을 통해,

　　　　"난 다 컸어요 나이만 먹으면 돼요"

　가끔이지만 후면은 전면이 된다. 금세 되치기당할 수도 있다. 지상에서 영원한 것은 지상뿐이다. 인간이 인간의 바깥으로 넘치는 일은 꺼림칙하지만 달콤하기도 해서, 모르는 척 간혹 넘친다. 아무렴, 안 될 게 뭐 있어. 누군가 귀에 속삭일 테고, 등에 업힌 불안이 주체가 되어 날뛰기 시작하면 우리는 그만 넘쳐흘러 뒤로 걷는다. 손금이 없는 손이 움켜쥔 운명처럼 종잡을 수 없다. 우린 레옹처럼 순박하지 않으며 이미 누군가의 등이었던 적이 있다. 그때는 맞고 지금은 아닌 것들을 옹호했던 적이 있다. 시간이 필요하지만 어쨌거나 직립하고 다시 등 넓은 인간이 된다. 짐 지고 싶은 것이 는다. 반작용을 에너지 삼으려고.

　자정은 허공에서 오늘과 내일을 가위질한다. 자유가 유자만큼이나 시큼해지는 지점이다. 덜컥, 마틸다가 자라 레옹을 등에 업는 전복점이기도 하다. 그러나 자정은 사랑한다는 고백과도 같은 것, 있으되 없으며 있음으로 환존(幻存)한다. 그

럼에도 부지불식 자정은 선을 넘어 쏟아진다. 흥건히 고여 텅 빈 오늘이 된다. 어제가 아니므로, "난 다 컸어요 썩은 감자 즙만 바르면 돼요". 마틸다는 오늘, 좀 다른 얼굴을 꺼내놓고 말할 수 있으며, 제비뽑기 뒤엔 오늘 처음 만난 아저씨 레옹을 가차 없이 팔아 버릴 것이다.

　오늘과 밑그림이 똑같은 어제는 '없다'인지도 모른다. 오른손을 배척한 채 왼손이 탐구하는 '물렁한 세계로 새어 나간 존재'의 이야기일 수도 있다. 예를 들어 나미브사막의 나무는 존재의 유동성을 향해 투명하게 열려 '없다'가 된다. 이때의 투명함은 어디론가 새어 나가는 자신을 발견할 때에나 가능해지는 마술. 인간이 여기서 저기로 새어 나갈 때, 구체적으로 내가 당신에게 흘러들거나 당신이 내게서 새어 나갈 경우에 말이다. 마틸다가 레옹에게 스며들거나 레옹을 삼킨 마틸다가 전면이 된다 해도 결과는 같다. 나미브사막이 현존하듯 투명한 화분 역시 거기 마틸다의 손아귀에 있을 것이다.

　불온을 향해 우리는 달린다. 미끄러진다. 스며들어 출렁이며 넘친다. 자정을 경계 삼아 왼손, 왼발, 왼쪽은 오른 주체들과 부단히 다툰다. 나미브사막의 투명한 나무나 판판하고 넓은 레옹의 등에 매달린 채, 다른 층위의 전체에 대한 부분으로서, 대체로 패배하며 있는 듯이 없다. 이러한 차원을 시인의 어법으로 함축하면 "왼필은 아꼈다가/ 사과나무에 물려주세요"쯤일 테지만, 어쨌거나.

　우리네 의사와는 무관하게 최은묵이 '소풍'이라고 함부로 정의해 버린 이 글의 성격은 그의 의도대로 시와 정면으로 마주하지는 않을 것이다. 나 역시 그의 의사와는 무관하게 건들거리며 새어 나가고자 한다. 다만 휩쓸리거나 넘치는 어떤 것에 그, 혹은 우리를 욱여넣어 보고 재단해 보는 내숭쯤? 그 결과로 무형이어서 그릇이 필요한 상태의 반물질들을 뒤쫓는 것이다. 그리고 어떤 존재를 출렁이게 만드는 70%가 현실에선 30%에 불과한 소수이지만, 그 힘이 무지개를 공중에 띄워 올린다는 추론을 악기로 된 그릇에 담아 보기로 한다.

　무지개를 반듯이 펼쳐 불온한 달에 걸쳐 놓으면 출렁임이 가득한 기타가 된다. 마틸다의 화분과 동격이다. 열쇠구멍으로 훔쳐본 일그러진 세계에 다름없다. "모르는 손과 모르는 귀와 가끔 아는 숟가락"이 기타를 중심으로 모이고 흩어진다. 경험자들은 안다. 감각을 잘 벼르면 사나흘은 먹고 남음이 있는 먹거리가 된다는 것을. 옥상이나 다락방으로 스며들어 기타를 둘러싼 세계로 넘치는 경험에 온몸을 내맡겨 본 그의 고백은 이렇게 이어진다. "자전거로 등대를 실어 오고, 옥탑방에 바다를 들이고, 오늘 밤 첼로(기타)에 들어가 죽어도" 좋을 만큼이라고.

그렇긴 해. 우린 미치도록 흐르고 스미며 번지고 싶었던 반물질(半物質)이었던 셈. 그런 동안을 '소풍'이라 부르면 어떻겠느냐 짐짓 제안했을 테지만, 이봐요 레옹 아저씨, 온전히 그것을 다 받으면 우린 열쇠구멍을 잃어요!

간히면 죽는다고 뿔이 솟는다. 흘러나가 딱딱한 뼈가 된다. 이 이율배반을 경계하려고 끊임없이 몸을 뒤채는 잠자리가 젖는다. 이것은 꿈이 물로 가득하다는 증거. 마지막으로, 그의 목소리를 얹어 말해 볼까.

"태어나 처음 물옷을 입네"

등대도둑

이정훈 (시인)

나의 안부가 궁금한 자만이 이 문에 도달할 것이다

－「시인의 말」 전문

안부(安否)란 어떤 이가 잘 지내는지, 혹은 그렇지 않은지에 대한 소식이란 뜻이다. 안부 못지않게 그가 상상으로 지은 집, 지붕의 안부(鞍部)가 궁금한 자는 이 집에 들어갈 자격을 얻는다.

뉴스는 밤마다 이를 갈고 공룡이 시도 때도 없이 쿵쿵거리면 여긴 아래층이다. 바닥과 천장이란, '그건 니 생각이고'와 '당신은 그렇게 생각하시는군요'만큼 멀 수도 있고 가면과 탈처럼 동의이음(同義異音)일 수도 있다. "아래턱이 큰 개미탈을" 뒤집어쓰거나 "엄지발가락으로 나무늘보"를 그리며 잠을 청해야 하는 곳에서 불면은 이미 계급이다.

우리는 불가능한 것을 상상하지 않는다. 아니, 상상하는 것은 모두 가능한 일이다. 불가능한 일을 가능의 세계로 끌어오기 위해(혹은 가능한 것처럼 보이게 하려고) 그가 동원하는 것은 밤과 가면이다. 어둠, 자정, 저녁, 달 못지않게 빈도가 높은 단어는 가면이다. 탈, 그림자, 마트료시카, 마리오네트 등이 모두 무언가를 가리는 도구라는 걸 기억해 두자.

다른 층으로의 탈주를 꿈꾸어도 잘린 계단을 통한 업그레이드는 옆그레이드에 그치기 십상이다. 수제비에 칼집을 더해 칼국수를 끓여 본들 메뉴는 밀가루 반죽을 벗어나지 못하는 것이다. 옆집과 옆집을 숙주 삼아 멸치 국물 냄새를 번식시키고 고추장 냄새로 뜨개질을 하는 게 이곳의 일상이다. 풍경을 두 배로 확대시키는 건 "쪽길에 버려진/ 거울". 우리는 부피를 구하는 공식을 배운 적 있다. 가로×세로×높이. 화면이 두 배가 되었으므로 남루함은 풍선처럼 부풀어 오른다.

2층이라고 달라질 건 없다. 안교리 다방촌처럼 낙원다방 위층엔 정다방이 있고 그곳엔 조만조만한 마담들이 번식을 멈춘 수컷들을 건너다보고 있을 뿐이다. 다방촌 풍경은 이스트리버 모텔과 겹친다. 모텔 6층엔 50개가 넘는 방이 있다. 이 많은 방들은 "경건한 것이 내는 소리가 딱딱하게 웃긴" 일요일로 무한하게 수렴된다.

수학자 파인만은 죽기 전, 이렇게 말했다. "두 번은 못 죽겠네, 너무 지루해서……."(I'd hate to die twice, it's so boring…….) 한 해의 마지막이라면 역시 12월과 크리스마스다. 언제부턴가 이 무렵은 길게 늘어난 일요일 저녁 같은 느낌을 준다. 12월 25일부터 31일까지의 한 주처럼 따분하고 뒤숭숭한 느낌은 5, 6층의 병실에서 멎는다. 동물 탈을 쓰고 바퀴의자를 굴리며 추석 송편을 나누는 환자들에게 중요한 건 이제 명절이 아니라 '병절'이다.

드디어 옥상이다. 가면과 탈의 관계처럼 옥상과 지붕은 일란성이다. 내려다보면 옥상과 지붕은 집이 뒤집어쓰고 있는 가면의 일종일 테지만 이곳엔 "겨울의 뼈"로 만든 첼로가 있고 "기타 소리로" 이불을 말릴 수 있는 곳이다. 그는 "자전거로 등대를 실어"다 놓고 탁구공으로 고래 눈을 만들어 아리바다를 꿈꾼다. 아리바다는 두 가지 해석이 가능하다. 순우리말로는 넓고 깊은 바다란 뜻이며 스페인어 Arribada는 표류하는 배의 항로를 의미한다.

이미 옥상에서 표류 중인 그는 바다로 떠날 수 없다. "문 닫은 극장"은 작은 상자에 갇혀 있고, "섬으로 가는 다리"는 비둘기가 물고 가 버렸으므로 일기예보를 들으며 "소나기를 필사"하거나 "지구가 젖지 않게 소설을 읽"는다. 이 옥상과 지붕은 자정, 일요일, 크리스마스, 겨울과 맞닿아 있는, 살아 있는 자에게 허락된 마지막 공간이다. 이곳을 탈출하는 방법은 "보름달이 뜨기 전에 기절"하거나 지붕 위에 연노랑 달맞이꽃 같은 이름을 걸어 놓는 것밖에 없다.

옥상과 지붕이 일란성이라면 옥상(지붕)과 밤(자정)은 이란성 쌍생아다. 옥상은 "가면을 쓴" 것들이 충돌하고 부서져 다시 떠도는 공간이고 자정은 모든 것들의 형상과 질료가 변하는 경계다. 마차는 호박으로 돌아가고 드레스는 누더기로 바뀐다. 감자는 식탁에서 싹이 돋고 썩어 간다. 그는 어머니의 탯줄에 길게 매달린 마리오네트가 되고, 물려준 거라곤 비포장 길과 "찢어진 계절"밖에 없는 "아버지를 입고" 마트료시카가 되어 늙어 간다.

무얼 해야 할까. 크리스마스는 마트의 진열상품이 되었고 예수의 기적은 유통기한이 지났는데. 무엇을 할 수 있을까. 천국은 "태어난 시간에 도착해야" 하는 끝난 게임인데. 그는 콘서트를 연다. 냄비뚜껑, 젓가락, 앉은뱅이 식탁으로 핸드싱크 연주를 하고 립싱크로 노래한다. 푸쳐핸섭! "우리는 꺼지지 말자", 엘리 엘리 라마 사박다니, 라면을 끓인다. 그리고 "메리 다마스테스"! 얌전히 잠든다.

신이 나를 수배한 이유가 뭘까

– 「체포」 전문

마지막 시에서 그는 짐짓 자신이 신에게 수배당한 이유를 묻는다. 그의 죄를 살펴보기로 하자. 여우불을 함부로 삼킨 죄, 자전거 뒤에 등대를 싣고 내뺀 죄, 겨울의 뼈를 말려 첼로를 만든 죄 등은 불고지죄에 해당하겠고, 가족을 지우고 생일을 백지로 둔 죄, 실밥 터진 바지 뒷주머니에 아버지를 구겨 넣은 죄 등은 친고죄겠다. 법률의 은총을 받아 본 적 없는 선량한 눈으로 보기에 이건 딱 징역 10월에 2년의 집행유예감이고 집행유예는 엄연한 실형이다. 양팔에 저울을 든 정의의 여신, 유스티치아가 한쪽 눈에 안대를 하고 있다는 사실을 잘 기억해 두고 이번엔 넘어가 주는 게 좋겠다. 질투건 총애건, 신의 눈에 든 이들은 일찍 동네를 뜨는 법이니까.

우리는 스스로의 죽음을 회상할 수 없는 존재다. 그것이 가능하다면 어딘가의 학교 아이들은 선생님에게 첫사랑 대신 첫 죽음의 이야기를 조를지도 모른다. 죽음은 늘 다른 세계에 속한 것이고 서로에게 묻는 안부란 가면의 생사를 확인하는 일이다. 그는 수많은 가면과 탈을 본다. 달과 해는 서로를 가리는 가면이고 일요일은 이별과 죽음이 뒤집어쓴 탈이다. 죽음은 도대체 무엇을 감추고 있으며 일요일은 한 주의 끝일까

시작인 것일까.

시집의 제목은 『내일은 덜컥 일요일』이다. 감정을 배제하기 위해 덜컥, 이란 표현을 쓰긴 했겠으나 이게 심장이 덜컹, 하는 일임을 우리는 안다. (모호한 상황에서 내 편이 되어 주길 강요할 때 '우리'란 단어가 남발된다는 점을 상기시켜 드린다.) 그러니 한쪽 볼따구니만 남은 그믐달이 점점 야위어 갈 때 "옛길의 끝은 매번 일요일이고 나는 일요일만큼 기울어진 채 당신이 남긴 그림자를 더듬었다"라는 촌빨 날리는 문장이 왜 사랑스럽지 않겠나.

나는 글쓰기가 취향의 문제라고 생각하지는 않는다. 그러나 모든 해석과 해설은 오해에 의한 창조의 역사 아니던가. 들어왔던 문으로 다시 돌아 나가야 하는 마음을 두보의 시 「曲江」의 한 구절에 기대어 놓기로 하자.

一片花飛減却春 風飄萬點正愁人

부디, 신으로부터의 도바리가 오래 오래 계속되기를, 워리게!

다녀오겠습니다
— 이 행성에 초대받았는지는 모르겠지만, 덜컥

리호(시인)

2F. 그럼에도, 르마뜨

마르세유 타로카드 중 0에 해당하는 'Le Mat'라는 카드가 있다. 번역하면 '바보'란 의미다. 대중은 간혹 종교인에게 간혹 정치인에게 붙이곤 했는데 필자는 최은묵 시인에게도 이 단어를 버리듯 슬쩍 놓고 갈 심산이다. 두 번째 시집 『키워드』의 시인의 말에 등장하는 "신분증"을 잘 살펴보면 이 단어가 새겨져 있을 것이다. 하지만 투명해서 눈에 보이지 않을 것이고, "거울에 남겨둔 지문"(「그럼에도 불구하고」)을 꺼내 "그림자"가 반사될 때까지 기다리는 것은 온전히 독자의 몫이다.

기록을 마친 그가 제각각 색깔이 다른 네 명에게 형광 탁구공을 넘기곤 어떤 미소를 짓고 있을지 궁금하지만, 소풍 온

듯, 딱딱하지만 가볍게 덜컥, 일요일을 불러 본다.

480403. 그도 그럴 것이

난 그의 안부가 궁금하지 않다. 하지만 어느새 견고하게 지은 시의 집 앞에 서서 문고리를 만지작거리고 있는 자신을 발견한다. 많은 독자도 이러지 않을까.

서기 2022년 전부터 오래도록 그를 지켜봐 왔다. M2-9에서 A메이저 원(번역 전)을 들고 환전을 해 간 그가 지구란 행성 가장 밑바닥에 안착했다는 소문이 돌았었다. 백만 원(번역 후)을 독에 넣고 두꺼비를 부른다는 소문과 함께, 전 재산을 받은 이들이 하나둘 늘고 있다는 소식이 블랙홀을 지나 건너오곤 했다. 그러나 너무 걱정하지는 마시라. 2초의 시간이 지나면 새로운 화폐가 어김없이 독에 채워졌고 우리는 그 독을 "2초의 오류"라 불렀다.

첫 시집 『괜찮아』가 위로의 말을 건네는 서간록이라면, 두 번째 시집 『키워드』는 인간을 대변하여 신과 나누는 대화록일지도 모른다. 신이 한 말을 받아 적거나 신을 들이받거나 신과 딜을 한 무용담이 적혀 있다. 이번 시집 『내일은 덜컥 일요일』은 과격하지만 그 펜 끝은 따뜻하고, 부드럽지만 눈은 날카롭고, 먹먹하지만 희망을 쓴 잠언서다. 자 이제 당신은 전 재산이 될 100만 원을 환전하여 승차할 것인가?

B.C. 1400년경 여호수아 13호 행성의 투명한 나무
나무 속을 투명하게 들여다본 자만이 그의 안부가 궁금해질 것이다.

651. 파란 여호수아 13호

여호수아의 눈은 구름 건너 서식지를 늘 이탈했고 몸은 지상에서 떨어지지 않았다.

눈이 행성이 되는 날이 늘고 사람들은 예수인 걸 눈치채지 못했다. 우리는 그들을 지구인이라 불렀다.

516. 투명한 나무 21호

너무 많은 우연을 가장한 기행이 목격되었다. 문의 색이 다른 행성은 자전한다는 것을 공공연히 공표하고 있었고 그들은 시간을 자유롭게 여행하는 종족이었다. 그때마다 천기누설이란 단어로 잠재웠다.

720623. 총성 14호

"눈을 뜨고 자는 종족"이든 말든, "어릴 적부터 휘파람을 배"(「안부를 묻습니다」)워 비를 부르든 말든, "레인코트를 입은 비틀스 대신 기상캐스터를 믿"(「일기예보 Ver. 대체로 맑음」)든 말든. ―비틀스가 부르는 빈센트를 듣고 싶다고 "까치"가 "잠꼬대"(같은 시)를 한 건 사실이다.

16-295-9. 다만 내일은 神이 덜 아프기를

"지붕에" 심어 놓은 "감나무"(「보디페인팅」) 속에 숨긴 전언서

　오늘 하루는 무엇을 하며 지낼까? 탁상달력을 넘기고, 세수를 하고, 순서 없이 사람들을 떠올리고, 바람 앞에 서지 말고, 잠을 자자. 자는 게 얼마나 넉넉한 우울인가.
　낮에도 해가 뜨지 않기를, 오늘도 어제처럼 잔잔하기를, 겉모습에 속는 세상에서 머리만 둥둥 떠다니는 파란해골 13호는 여전히 로망이기를, 다만 내일은 神이 덜 아프기를. (《열린시학》 2018. 여름호, 「나는 선입견을 뛰어넘은 시인이다」에서)

　"신이" 그를 "수배"(「체포」)할 때마다 무언가 대신 사라졌고 딱 그만큼의 무게로 "안식일에 병자를 치료한 예수"(「유스티치아」)를 거뒀다. 이쯤에서 아프다고 해야 할까 비참하다고 해야 할까.
　필자는 그의 시가 새끼손가락 한 마디만큼 늘 아프고 손바닥에 그려 놓은 우주만큼 궁금하다.
　그가 신을 걱정하든 말든,

724. 그래서

유빙의 바다 건너 일요일이 잔잔하기를
덜컥, 잘 다녀오기를.

단무지 몇 개

김백형(시인)

겨울 끝자락이었을 거야. 길가 그늘엔 웅크린 잔설의 몰골이 처참했지.

"파주는 아직 겨울인가?" 봄동 같은 너의 안부문자를 받았고, "네 속의 순수는 여전히 유효하니?" 뭐 대충 그런 식의 물음에 어떤 답을 전했는지 기억에는 없지만, 위로인 듯 구애인 듯 네가 건넨 한마디는 한 음절도 틀림없이 기억에 또렷하네.

"친구! 위도는 달라도 경도는 같지 않겠나." 해마 같은 아지랑이가 어른거리고, 내가 사는 파주와 네가 사는 대전이 순간 공간이 아닌 인간으로 바뀌어 버렸어.

"나의 안부가 궁금한 자만이 이 문에 도달할 것이다"라는 「시인의 말」을 곱씹어 본다.

문 안팎의 너와 나는 여전히 서로의 기척을 느끼고 있는 사이. Door를 Do와 or로 띄어 쓰니 (하는 것)이 되고, 다시 거꾸로 스펠링을 써 보니 Rood(십자가)가 되는구나. 그래서 예수는, 두드려라 열릴 것이다, 일찌감치 구원의 힌트를 설파했을까. 그 문에 도달하기를 바라는 네 마음을 일단은 경건한 숙제로 받아들이마.

이번 시집은 너의 근황을 알고 있는, "밑그림이 똑같은 가면들"만이 해독 가능한 내용들일지도 몰라. "가족을 지우고 백지로 두는 생일도 재밌겠다"고, 가족의 족쇄를 스스로에게 채워 놓고도 가족을 뛰쳐나온 가출의 무리, 그중 깜조차 되질 않는 나에게까지 손을 뻗어, 해설도 아니고, 발문도 아니고, 그렇다고 러브레터도 아닌 불편정당한 고충을 안긴 것이겠지. 그리하여 너는, 시집을 식탁보로 깔아 놓을 것이고, 그 위로 각자가 싸 온 성찬이 내놓아지게 되면, 노란 단무지만 싸 온 나까지도 사이다 한 병씩 까면서 답답했던 그간의 속내를 트림으로 꺽꺽 뱉어 내겠지. 얼굴만 봐도 흥겨운 자네는 그렇게 우리 안에서 안식을 구하고 싶어 '소풍'이라 명명했는가?

대전에 오게 되면 수능영어듣기평가 때보다 더 집중해야 하는 버스 구간이 있으니 알아 두라고 서대전역정류장 일화를 내게 들려준 적이 있었지.
서대전역-서대전역네거리-서대전네거리-서대전네거리역.

시집을 읽어 나가다 너의 심중(心中)을 벗어난 바깥쪽 어딘가에 오독(誤讀)으로 잘못 하차했을 때, 정치가 치정이 되고 사회가 회사가 된다 해도, 언제나처럼 먼저 물어 오는 다정한 안부는 여전할 테니, 나도 결국에는 그 문에 도달할 것이라 믿어야겠지. 믿음은 믿을 만해서 믿는 게 아니라 끝내 믿음을 버리지 않는 것이 믿음이라고 구구절절한 말 대신에 지나온 시간으로 보여 준 너는, 이무기보다 무서운 뜸무기니까.

어느 초여름 대전문학관에 너를 만나러 갔을 때였어. 야외 계단에 앉아 강의가 끝나기를 기다리는 데, 쿵! 난데없이 유리벽을 들이박고 추락하는 한 마리 새를 목격한 거야. 나는 급히 달려가 살려 내려 애를 썼고, '구글렌즈'라는 앱으로 그 새의 신원조회까지 해 보았지. 직박구리라 했어. 보이는 게 다가 아니라는 걸, 보이지 않는 것들은 보이는 것 때문에 보이지 않은 채로 존재한다는 걸, 그날의 직박구리는 알게 되었을까. 뇌진탕을 떨쳐 내고 겨우 깨어났을 때, 내일은 덜컥 일요일, 팻말이 꽂힌 둥지가 보이고, 화룡점정 깃털 하나씩을 요구하고 있는 이 시간으로 흘러왔을까. 그리고 또다시 금기를 깨고 공작을 꿈꾸다 물끄러미 제 발등에 엎질러진 그늘이나 내려다보고 있는 한 그루 버드나무에 깃들이어 있을까. 이젠 기우 따윈 없는 나같이……

버니 S. 시겔이라는 사람이 그러더군. 신의 책상 위에는 이런 글이 쓰여 있다고.

"네가 만일 불행하다고 말하고 다닌다면, 불행이 어떤 것인지 보여 주겠다. 또한 네가 만일 행복하다고 말하고 다닌다면, 행복이 정말 어떤 것인지 보여 주겠다."

우리 식으로 말하자면 말이 씨가 된다는 소린데, 최은묵 자네 같은 시인은 차라리 불행을 껴입고 불행의 항체인 양 웬만한 불행쯤이야 굿은날 맞듯 하니, 신이 너를, 씨알도 안 먹히는 놈이라 여길 것이 뻔하고, 그걸 알면서도 넌, 짐짓 모른 척 멀찌감치 떨어져서 "신이 나를 수배한 이유가 뭘까", 능청까지 떨고 있는 것이지. 그것도 모자라 유스티치아에게까지 감히 시비를 거니 그 위풍이 놀랍고 그 당당함이 가상하네.

길고양이가 유통기한 갓 지난 가로등을 뜯어 먹은 일과 안식일에 병자를 치료한 예수의 차이를 모르겠네

맛없는 인사를 하고 맛없는 뉴스를 듣고, 그것 말고도 당신의 저울은 정확한 것인가?
— 「유스티치아」 전문

나는 동네 정육점에 갈 때마다 삼겹살을 저울 위에 올려놓는 사장님의 손이야 의심하지 못하지만, 파르르 떨고 있는 저

울의 바늘은 의심할 때가 간혹 있지. 하지만 두근두근 네 근 밖에 안 되는 소심한 가장은 늘 속으로만 삼키고 말아.

　고대 중국에서는 천칭의 저울대를 가리키는 말이 형(衡)이 었으며, 천칭의 저울추를 권(權)이라고 불렀다지. 균형(均衡), 평형(平衡), 형평(衡平)이라는 말은 천칭을 사용하여 양쪽의 무게를 서로 똑같게 한다는 취지에서 생겨났고, 형량(衡量)이라는 말은 천칭을 이용하여 양쪽을 비교해 가면서 무게를 잰다는 뜻을 갖고 있었다지. 반면, 저울추는 균형점을 변화시키는 힘을 갖고 있는 것이어서 권(權)은 나중에 권세(權勢)의 의미를 갖게 되었다 하고.

　털어서 먼지 안 나는 사람 없다는 말보다 더 무서운 일은 한 톨 먼지와 나를 저울추에 올려놓는 일일 게야. 그때 나는 먼지를 제외한 세상 모든 무게만큼의 죄를 뒤집어쓰게 되겠지. 이렇게 끔직한 일이 버젓이 자행되는 국가에 살고 있는 우리는, 권(權)이라는 게 얼마나 무지막지한 힘인지 알고 있지 않나. 정의(正義)도 언제나 정의(定義)하는 것에 따르겠지만, 시인은 바리케이드를 치고, 엘리 엘리 라마 사박다니! 가시면류관까진 쓰지 못하더라도, 끝내 자존만은 지켜 내려 비겁을 구걸하지 않는 시를 쓸 수 있으니, 얼마나 눈물겨운 자부심인가.

하지만 일요일조차 "일요일이 되지 못한 나는 다시 전송된다"니, 삶이 여전히 고난주간인 친구야. 그래도 안교리를 안식일로 점찍어 두었다니 얼마나 안심이 되는지. 안교리(安交里), 편안하게 이심전심 주고받는 곳, 그곳에서 시집 출판 기념으로 자네와 하룻밤 일박하고 느지막이 일어나 그간 앓았던 속이나 해장한 후에, 랜덤으로 걸린 어느 다방에서 반나절 가까이 죽치고 앉아 "조만조만 달라붙는 마담의 이력을 순례하며" "조금 덜 우울하고 조금 덜 너덜거리고 조금 덜 나른하"게 지내다 오기로 하자.

오십견이 왼쪽으로 와서, 지장 없이 밥숟갈을 뜨고, 뒷일도 보고, 연필마저 쥘 수 있었으니 다행히 원고를 마친다. 몇 번이나 청탁을 반려할까 싶다가도, 나 혼자만 "가족이 되지 못한 독사진"으로 해를 보낼까 봐, 리플리증후군을 꿰뚫어보는 자네에게 누추한 내 연민마저 들킬까 봐, 겨우 용기를 내어, "오른팔로 단추를 달고 오른팔로 이불을 덮고/ 왼팔은 아꼈다가", 푸쳐핸섭!